J.-J. CAILLAULT

FRUITS VERTS

POÉSIES

LA CHATRE

H. ROBIN, Imprimeur-Librairie

Rue Nationale

1879

FRUITS VERTS

POÉSIES

FRUITS VERTS

POÉSIES

PAR

J.-J. CAILLAULT

1879

Imprimerie-librairie H. ROBIN, à La Châtre (Indre).

I

AU LECTEUR

~~~~~~

Ami lecteur, lis tous mes vers;
Mais ne me jette pas la pierre.
S'ils sont mal faits et terre à terre,
Ce sont des essais, *des fruits verts!...*

Briannes, le 6 août 1878.
~~~~~~

II

UNE MANGEUSE DE FRUITS VERTS

A Mademoiselle LOUISE B....

Je vous regardais à travers
La clôture, mademoiselle,
Cueillir et manger des fruits verts.
Vous étiez divinement belle !...

Ah !... vous mettiez tout à l'envers !...
Vous vous serviez de votre ombrelle
Pour dépouiller arbres divers
Portant leur récolte nouvelle.

Je prenais plaisir à vous voir
Ainsi, légère et fort heureuse,
Folâtrer et puis vous asseoir.

Vous n'étiez vraiment pas peureuse,
Seule, fredonnant des refrains
Et croquant pommes et raisins.

Août 1878.

III

APRÈS LA BATAILLE

*Une plaine éclairée par la lune où plusieurs soldats
sont étendus morts.*

UN SOLDAT BLESSÉ, *se relevant avec peine.*

Comme je me sens faible !.. où suis-je?.. seul... ah oui!..

Je me rappelle tout: ce combat inouï

Et comment je tombai. Ces points noirs dans la plaine.

Que j'aperçois ce sont, je devine sans peine,

Des soldats... comme moi... tombés!.. et ils sont morts!..
La bataille fut rude!... ils sont nombreux les corps
De ceux qui ne sont plus ! .   .   .   .
.   .   .   .
Cependant nous, Français, nous étions invincibles :
Les soldats prussiens étaient pour nous des cibles ;
Mais leur nombre toujours... nombre toujours croissant ;
Finit par nous écraser de son flot incessant.
Hélas je le sens bien, ma blessure est mortelle.
Pourrai-je me traîner ?... non ! ! !... ah douleur cruelle !
Tous mes membres ont froid, sont encore engourdis
Contre la mort, en vain, je lutte et me raidis.

(Il fait un effort pour se relever, puis,
portant la main à son côté :)

C'est fini, ma blessure
S'est rouverte. .   .   .   .
.   .   .   .

(Il se traîne pour ramasser son fusil brisé.)

Bon, ce tronçon d'armure
Me sera nécessaire.

Ah ! mourir à vingt ans,
Loin de tous ses amis, loin de tous ses parents !...

. . . . Quelle douleur amère !...
Ah quel chagrin pour toi, ma bonne et tendre mère ;
Tu ne reverras plus ton Georges, ton enfant ;
Que vas-tu devenir ? hélas, tu m'aimais tant !...
Et toi, ma chère Anna, ma belle fiancée,
Adieu. Bientôt mon corps sur la terre glacée
Restera raide et froid !!!. . . . .
. . . .
. . . .

Vous qui voulez la guerre, empereurs, potentats,
Vous ne savez donc pas ce que sont les combats !...
Vous ne connaissez pas le nombre de ces mères
Qui pleurent leurs enfants, et de ces sœurs leurs frères !!!...
Sang, vides, pleurs, chagrins, voilà le résultat
De la guerre. O peuples, formez un seul état !
Soyez frères, vivez en bonne intelligence.
Allemagne, Russie, Autriche, Espagne, France,
Plus de borne entre vous et tendez-vous la main ;
Que la fraternité vous unisse en son lien :
Et que cette cruelle et malheureuse guerre,
Terminée au plus tôt soit enfin la dernière !

. . . .

La dernière!... Hélas non, les peuples ne sont pas
Débarrassés encor du joug dont ils sont las;
Mais le moment viendra.

. . . .

. . . . Ma vie est terminée
J'ai trop causé. J'ai peur!... cette couche glacée
Me fait trembler. La lune en éclairant des morts
Les faces livides de ces soldats si forts,
Me donne le frisson.

                Moi si brave,
La mort me fait peur. Non. Il faut que je la brave.
Je suis soldat français : les français n'ont pas peur.
Je meurs pour mon pays, et sur le champ d'honneur,
Que dans un dernier cri, mon âme tout entière
S'envole vers les cieux, haut, radieuse et fière.
Que ce cri soit un cri d'amour et d'espérance;
J'ai rempli mon devoir : vive... vive la France!...

. . . . , ... , . .

                (Il tombe.)

IV

MARIAGE D'ARGENT

ou

UNE ROSE ENTRE LES PATTES D'UN CRAPAUD

~~~~~~

Regardons : c'est la mariée.
Qu'elle est belle !... ses habits blancs
Lui vont à ravir. dix-huit ans !...
Pauvre plante sacrifiée !...
~~~~~~

Le marié, les pas tremblants,
Lourd, la face tuméfiée,
Lui, laideur personnifiée,
S'avance, les yeux clignotants.

On t'a contrainte jeune fille?...
— Spéculation de ta famille —
A t'accoupler à cette horreur.

Les écus!... ah! voilà l'affaire!...
On est allé chez le notaire...
L'argent compte avant le bonheur!...

V

UNE BELLE-MÈRE

◄◄►►

A Madame C...

∿∿∿∿

— Qu'as-tu, ma chère Nana, te voilà tout en larmes;
D'où vient tant de chagrin: quelles sont tes alarmes?
— Chère... maman, je veux savoir la vérité...
Je viens d'apprendre...

> Que tu n'es pas ma mère !...

— Non

> — Non !!!... ai-je mérité

Ton dédain ?...

> — Ecoute, ton père,

Etait veuf quand.....

> Et toi...

Tu m'appelas : « *maman !!!...* »

> — Embrasse-moi !...

Toi seule fus ma mère, et ma mère mignonne
Je n'en connus pas d'autre... entends-tu ?... tes bons soins
Ton amour... méritent le nom que je te donne
— Console-toi, crois-tu que je vais t'aimer moins !...

VI

UN NOM NOBLE

Certaine demoiselle,
Déjà sur le retour,
Voyait s'éteindre en elle
Tous les feux de l'amour.

Enfin de cette belle
Le destin, un beau jour
Conduisit donc chez elle
Monsieur Denis Bonjour.

Chose vite menée
Chacun à l'hyménée
Désirait être unis.

— Votre futur se nomme?...
Dit-on. — Un gentilhomme !...
Son nom est: *B. de Nis !!!*...

VII

LES YEUX DE Mlle Octavie GOUSSARD

AGÉE DE 14 ANS

Vous avez de bien jolis yeux,
Chère demoiselle Octavie,
Quand votre regard radieux
Pénètre en mon âme ravie.

J'y vois s'y reftéter les Cieux:
Il me dit tout ce que j'envie
Je suis plus gai, moins soucieux,
J'aime davantage la vie.

Vos yeux, vrais feux follets jumeaux
Que j'aime et trouve si beaux
Vous vaudront plus d'une conquête;

Plus d'un, quand vous aurez vingt ans
Les payerait cent mille francs!...
Mais restez toujours fille honnête.

UN CAFÉ

Une vaste salle et des tables tout autour ;
Un comptoir surmonté de carafons, de verres ;
Un billard au milieu, le gaz, son abat-jour,
Et l'air tout empesté des odeurs délétères.

Toutes sortes de gens viennent là chaque jour
Pour absorber liqueurs douces, rudes, amères ;
Rouges, brunes, parler politique, d'amour ;
D'autres plus sérieux s'entretenir d'affaires.

Les garçons, très-polis, servent chaque client,
Sont toujours empressés, prennent en souriant
Le pourboire, ainsi que quolibets, raillerie

Aujourd'hui le café, lieu de réunion
Chacun a son idée et son opinion
On y cause de tout, même de poésie!...

IX

ACROSTICHE

Sur le nom de ma chère petite Berthe, âgée de 5 ans.

〜〜〜〜

Berthe, bébé rose et mutin
Enfant que j'aime et que j'adore.
Ris, ris toujours, petit lutin,
Tes yeux, je veux les voir encore,
Heureuse, les fixer vers moi.
Enfant, tout mon bonheur c'est toi!

X

TRISTE SOUVENIR

—◦◦◦—

SUR UNE TOMBE

A mon cher petit RENÉ, *décédé le 12 avril 1872,
et dont le corps repose dans le cimetière de
Sassierges-Saint-Germain (Indre).*

Femme, sous cette froide pierre,
Là, repose notre bonheur !...
Couché dans sa petite bière,
Seul ici, n'aura-t-il pas peur ?

Je crains que le chant de l'orfraie
Ou le cri du laid chat-huant,
Dans la nuit profonde l'effraie ;
Oh !... ne laissons pas notre enfant.

Veillons sur sa petite tombe,
Comme autrefois sur son berceau ;
Il fait bien froid, la neige tombe ;
Oh !... couvrons-la dans ce manteau.
Lui, c'était la douce espérance?
Notre rêve rose et riant ;
C'était pour nous la joie immense ;
Il n'est plus notre pauvre enfant !...

Mais déjà d'une brume grise,
La nuit couvre les blancs tombeaux
Et l'angelus sonne à l'église...
Viens, quittons ces lieux de repos,
Et toi, dors... dors... cher petit ange,
Dors du sommeil des bienheureux.
Dors, dors... dans les bras de l'Archange,
Puisque tu résides au cieux !...

XI

LA LAIDEUR SOUS LA BEAUTÉ

Bien tranquille, assis sur sa chaise,
Henri semblait mignon, fort doux
Pour le caresser à mon aise,
Je l'attirai sur mes genoux.

Et dans sa blonde chevelure,
Je promenais mes doigts distraits,
Quand... grande erreur de la nature
Mes sens furent tout stupéfaits !...

Sur ma main une bête affreuse
Se promenait péniblement,
Dans la chevelure soyeuse
D'autres!... j'éloignai cet enfant.

Hélas, très-souvent dans le monde
Les beaux rubans et le velours
Cachent la misère profonde,
Misère couverte d'atours!...

XII

ACROSTICHE

Angèle, me rappelle, un triste souvenir.
Naguères je connus de ce nom une fille
Gaie et toujours rieuse... un jour la vit finir!...
Elle que j'aimais tant!... elle de sa famille
La joie et l'espérance et le plus pur bonheur,
Elle est dans la tombe et son nom dans mon cœur.

XIII

LA TOUR DU VIEUX CHATEAU

Que je l'aime son vieux château
Il ne forme qu'une ruine,
Cependant je le trouve beau :
Souvent vers lui je m'achemine.

Seul au pied de la vieille tour,
Caché dans les touffes de lierres,
Tout en rêvant à mon amour
Je passe des heures bien chères.

Je me trouve récompensé
Et ne regrette point ma peine
Ni le temps vainement passé
Si j'entends la voix de ma reine.

Si j'étais riche je voudrais,
Que ce manoir fut agréable,
Aussi joli je le ferais
Que celle que j'aime est aimable.

Mais je conserverais la tour
Pour que, souvent avec Marie,
Je vienne, le cœur plein d'amour
Revoir ma cachette chérie!...

XIV

SOUVENIR

J'avais dix ans, elle six, nous étions jeunes, beaux;
Heureux de nous aimer, heureux de nous le dire.
Chaque jour apportait plaisirs toujours nouveaux,
Puis gaîté continuelle, innocence, délire.

Je crois encor la voir dans nos jeux enfantins,
Avec ses doux yeux bleus, ses cheveux en désordre,
Digne, fière, prenant de petits airs hautains
Et moi j'obéissais toujours, même au moindre ordre.

O jeunesse dorée, heureux et courts instants,
Comme vous êtes loin!... semblable au songe étrange,
Vous avez cessé d'être; et de mes jeunes ans,
Il ne me reste plus qu'un souvenir de l'ange!...

Jamais je n'oublirai, le jour... c'était un soir:
Elle me fit demander, je me rendis près d'elle.
Etendue sur son lit, je crois encore la voir,
Pâle, souffrante mais fort calme, toujours belle.

La fièvre cependant consumait, de son feu,
Ses membres, tout son corps, sa main était brûlante.
Elle fait un effort, veut parler, dit: — adieu!...
Si bas!... Et sur sa couche, elle tombe haletante!...

Je tenais à la main une rose qu'elle prit,
A ses lèvres la porte, un instant la respire;
Mais... avec le parfum de la fleur, son esprit
S'exhala tout entier dans un dernier sourire!...

AUX FLEURS DE LA PRAIRIE

Chaque matin je vais, quand le soleil se lève,
Faire une promenade en la prairie en fleurs.
Fatigué, je m'assieds, je contemple et je rêve ;
Longtemps je reste ainsi, m'enivrant des senteurs.

Près de moi, le ruisseau qui rit, murmure et chante,
Sur son lit de gravier, coule ses claires eaux,
En méandres nombreux, doucement il serpente
Puis court se perdre au loin, à travers les roseaux.

J'aime à voir la rosée en perles sur la plante,
Et j'écoute les bruits des insectes charmants.
Dans sa course, je suis l'abeille bourdonnante,
Et j'entends des oiseaux les gais et joyeux chants.

Mais très-prochainement des hommes en chemise,
Robustes ouvriers, armés de longues faux
Viendront couper ces fleurs que caresse la brise
Et détruire en un jour tant de trésors si beaux.

Au loin je crois qu'un bruit de pas se fait entendre,
Accompagné de cris et de chants joyeux.
Ecoutons: plus d'espoir, je ne puis m'y méprendre,
L'instrument sur l'épaule, ils viennent, ce sont eux.

Petites fleurs des prés, si fraîches, si jolies,
Vous voyez les faucheurs, adieu, chères amours
Vous m'avez égayé, vous êtes mes amies
Votre heure va sonner, adieu donc pour toujours.

Vos tiges dès ce soir, cruellement tranchées,
Ne vous fourniront plus leur suc bienfaisant.
Vos corolles, alors, bientôt seront fanées
Et vous deviendrez foin parfumé, nourrissant.

XVI

LE CHEZ SOI

De son ombre déjà, la nuit couvre la terre ;
Une douce fraîcheur envahit l'atmosphère.
Seul, je suis un chemin morne, silencieux
Mais rempli de parfums, vrai chemin d'amoureux !
Dans les blés d'alentour, le petit grillon chante ;
Les insectes dans l'air bourdonnent, et sur la plante
Scintille la rosée en gouttes de diamant,
Qu'éclairent les rayons de la lune levant.

Je marche cependant sans voir cette nature
Admirablement belle en sa riche parure.
Je vais sans m'arrêter; je cours presque et vais toujours.
Pourquoi? qui me presse?... ah!... c'est que depuis trois jours,
Absens de mon *chez moi*, je reviens au village,
Au foyer domestique, au sein de mon ménage.
Oh que ce mot: « chez-soi » renferme de bonheur!
Chez-soi!... n'est-ce pas là qu'est le calme du cœur,
L'amour sincère, vrai, les douces espérances,
Tout, sans un chez-soi, l'homme a-t-il des jouissances!...

PAYSAGE

SOUVENIR DE SASSIERGES-SAINT-GERMAIN

Rêveur, assis à ma fenêtre,
Je contemple un joli tableau
Où tout est peint de main de maître
Où tout est frais, où tout est beau.

C'est le matin, le soleil brille,
Les troupeaux partent pour les champs;
La rosée, en perle scintille,
On n'entend partout que des chants!...

Sur le ciel bleu quelques nuages,
Sont estampés légèrement
Des chênes aux noueux ramages
Forment rideau s'entremêlant.

Puis plus bas, en pente escarpée
Descend jusqu'au petit ruisseau
Une trop rapide vallée
Dont la base se perd dans l'eau.

Ensuite la fraîche prairie,
Vient jusqu'au pied de ma maison,
De fleurs très-bien fournie
Promet une riche moisson.

Pour animer ce paysage,
Debout se tient sur un rocher,
La chevrière au blanc corsage
En filant se met à chanter.

Pendus aux lianes grimpantes
Ses capricieux animaux
Broutent les herbes odorantes
Ainsi que les jeunes rameaux!...

XVIII

A LA CAMPAGNE

A $\mathcal{M}^{me}$ & M. V_R....

Le triste hiver avec ses neiges, ses frimas,
Sa bise et ses autans, vers nous vient à grands pas.
Sur les arbres, là-bas, la feuille jaune tombe;
Par le vent emportée, elle cherche sa tombe.
Les prés n'ont plus de fleurs, les champs sont restés nus;
La nature est morne et l'oiseau ne chante plus!...
Au dehors, en flocons, la neige tourbillonne.
Le petit orphelin demande qu'on lui donne.

Mais voici que l'été nous apporte des fleurs,
Le plaisir, la verdure et d'aimables senteurs.
Il se présente avec son frais et doux sourire
Et l'hiver tout penaud devant lui se retire.
Alors le rossignol, retrouvant ses chansons,
Fait retentir l'écho des bois et des buissons.

Et la campagne enfin, perd sa monotonie
Se peuple de bourgeois, que le grand bruit ennuie
Là le paysagiste, exerce ses crayons ;
Le patient pêcheur amorce les poissons,
Et partout dans les bois, sont de brillants concerts
Donnés par les oiseaux chantant sur tous les airs.

XIX

A UNE JEUNE FILLE

Pleine de grâce, de candeur,
De gaîté toujours rayonnante
Tu respires le doux bonheur,
O toi, jeune fille charmante.

Jamais, je crois, tes yeux d'azur
N'ont versé de larmes amères
Et ton beau front candide et pur
Est vierge de toutes chimères.

On te chérit dans ta famille
On te caresse à qui mieux mieux
Tout te sourit, aimable fille
Ton ciel apparaît radieux!

Bel âge que le tien... hélas;
Il s'enfuira vite!... la vie
N'est rien. La naissance au trépas
Une faible chaîne les lie.

Imité de l'abbé PEYRET.

XX

SONNET

A M. Paul VIBERT, *pour le remercier de l'envoi*
de sa brochure : Dizaine de Sonnets.

J'ai lu les dix sonnets composant la brochure
Que je reçus de vous. Merci de votre envoi.
Tous vos vers, cher Monsieur, sont de bonne facture ;
Je vous le dis franchement... et c'est de bonne foi.

La pièce : « Ma voisine » aimable et frais murmure
De l'amour à vingt ans, qui fait rêver, ma foi :
Ivresse, vrai bonheur et blonde chevelure,
Est pleine de fraîcheur, produit un doux émoi.

« La Morgue » heureusement, drame lugubre et sombre,
Se trouvë ranimé par la « Lune de miel,
Au bal de l'opéra. » Mais « Contraste » réel

Vient encore une fois tout couvrir de son ombre.
« Victoire » tour de force, et « Missive » est la fin
De ce livre petit, mais rempli d'esprit fin !...

XXI

UN BOUQUET DE VIOLETTES

A MA FEMME

Mis ce matin sur mon bureau
Petit bouquet de violettes,
Entouré de faveurs coquettes,
Tu m'annonces le renouveau...

Votre parfum m'enchante,
Fraîches petites fleurs ;
Je sens sécher mes pleurs,
J'ai l'âme plus contente.

Vous m'apportez le doux bonheur
Vous m'inspirez la poésie;
Toute mon âme en est saisie :
Et vous dissipez ma douleur.

Chère violette des bois
Toi la petite messagère
De cette saison printanière,
O merci. merci mille fois!...

TABLE

La Châtre. — Typ. et lith. H. Robin.